CARTAS PARA A **MINHA MÃE**

TERESA CÁRDENAS

CARTAS PARA A MINHA MÃE

TRADUÇÃO
ELIANA AGUIAR

1ª edição | 6ª reimpressão
Rio de Janeiro | 2025

Copyright © 1998
Teresa Cárdenas
Todos os direitos reservados
Originalmente publicado em Cuba como *Cartas al cielo*
Primeira edição publicada no Canadá e nos EUA em 2006 por *Groundwood Books*
Título original: *Cartas a mi mamá*

Editoras
Cristina Fernandes Warth
Mariana Warth

Coordenação editorial
Silvia Rebello

Tradução
Eliana Aguiar

Revisão de tradução
Elisabeth Xavier

Revisão
Taís Monteiro

Projeto gráfico de miolo e diagramação
Aron Balmas

Capa
Bruna Benvegnù

(Este livro segue as novas regras do Acordo Ortográfico da Língua Portuguesa.)

Todos os direitos reservados à Pallas Editora e Distribuidora Ltda.
É vetada a reprodução por qualquer meio mecânico, eletrônico, xerográfico etc., sem a permissão por escrito da editora, de parte ou totalidade do material escrito.

CIP-BRASIL. CATALOGAÇÃO-NA-FONTE
SINDICATO NACIONAL DOS EDITORES DE LIVROS, RJ

C256c

Cárdenas, Teresa, 1970-
  Cartas para a minha mãe / Teresa Cárdenas ; tradução Eliana Aguiar. - Rio de Janeiro : Pallas, 2010.
  112p.

  Tradução de: Cartas a mi mamá
  ISBN 978-85-347-0441-0

  1. Carta imaginária. 2. Perda (Psicologia) - Ficção. 3. Auto-estima - Ficção 4. Ficção mexicana. I. Aguiar, Eliana. II. Título.

10-5384.
CDD: 868.99213
CDU: 821.134.2(72)-3

Pallas Editora e Distribuidora Ltda.
Rua Frederico de Albuquerque, 56 – Higienópolis
CEP 21050-840 – Rio de Janeiro – RJ
Tel./fax: 21 2270-0186
www.pallaseditora.com.br
pallas@pallaseditora.com.br

A Menú
A Susy, Felipe e Mamãe

Eu estaria melhor aí com você.
Todas as noites, espero que venha com sua pipa e me convide a morrer de uma vez.

Já é março. As flores só faltam saltar a nossos pés quando olhamos para elas.
Mas você não está.
Sem saber como, meus cadernos estão cheios de palavras, números, frases, lembranças, desenhos...
Desenhos de uma menina de mãos dadas com a mãe, de papai e mamãe se beijando, de estrelas nos olhos de mamãe, de mamãe brincando entre as nuvens.
Imagens de sonho em meus cadernos.
Todas suas; em todas, você.

Mamãe, não sei por que me deixou tão sozinha. Sem seus beijos, sem seus braços, sem aquele cheiro de margaridas que sempre a acompanhava.

Nunca contei a ninguém quanta falta sinto de você. E não aguento mais tanto silêncio. Vou começar a lhe escrever...

Querida mamãe,

esta noite eu vi você nos meus sonhos. Você usava um rabo de cavalo bem comprido, amarrado com uma linda fita vermelha. Corria de um lado para outro do céu, empinando uma pipa feita de nuvens.

Não estava feliz, mas estava ali, correndo e pulando como uma menina de nove anos. Você parecia comigo, como se fosse minha filha, e não o contrário.

Chamei por você em vão. Foi triste.

Acordei chorando. Ninguém veio ver o que estava acontecendo comigo.

Não sei por que tia Catalina ficou comigo. Só se importa mesmo com as filhas.

Lilita e Niña passam os dias zombando de mim.

Eu não ia zombar se a mãe delas tivesse morrido.

Mãezinha,

resolveram me colocar na escola daqui. Não gostei nem um pouco.

Tem pouca luz lá.

Sou a menina mais alta e mais preta da sala. Talvez a mais triste também.

Uma das meninas se chama Sara. É clara de pele. Não sei por quê. Seu pai não é claro como ela.

Lembra o carpinteiro Pedro? Pois o pai de Sara é igual a ele e — atenção! —, acho que ela sente vergonha, porque quando ele aparece na escola, para buscá-la ou conversar com a professora, Sara se faz de desentendida e se afasta um pouco para que os outros pensem que não vêm juntos.

Um filho não deve sentir vergonha porque seu pai se parece com o carpinteiro Pedro. O amor não tem nada a ver com a cor.

Alguns meninos disseram a Sara que ela quer se passar por branca e que é *piola*,[1] porque gosta do Roberto, um menino branquinho da nossa turma.

Acho que, de todos nós, a mais infeliz é Sara.

---

[1] Forma depreciativa de se referir àqueles que preferem se relacionar apenas com pessoas da raça branca.

Mamãe,

minha avó diz que é bom apurar a raça. Que o melhor que pode acontecer com a gente é casar com um branco.

Ela quer trabalhar como empregada na casa de uma família branca. E embora titia proteste, dizendo que isso é coisa do passado, ela insiste que não sabe fazer outra coisa.

Imagino que ela já não se empenhe em apurar nada.

Querida mamãe,

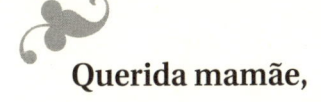

parece que Lilita está com alguma coisa ruim. Titia passa os dias chorando e chorando e em casa todo mundo tem que falar baixinho.

Um dia, de repente, ela se sentiu mal e não quis levantar da cama. Não reconhecia ninguém.

Vovó disse que tinham jogado "mau-olhado" nela e que teríamos que fazer um banho de descarrego.

Com pena, perguntei:

— Lilita vai morrer?

Ela me deu um tapa com toda força.

— Cale essa boca, beiçuda! Parece uma ave de mau-agouro! — xingou ela antes de ir atrás de titia no quarto onde Lilita estava ardendo em febre.

Desde então, todos me chamam de beiçuda nessa casa onde eu não queria morar.

Mãezinha adorada,

Niña não fala comigo. Desde que soube que iríamos juntas à escola, não quer nem olhar para mim. Antes, ela e Lilita iam cantando pelo caminho, esquecidas de mim.

Quando saímos hoje de manhã, ela nem me deu a mão.

Niña tem sete anos e eu, três a mais. Tenho que cuidar dela, mas ela não dá a mínima.

Ela grita coisas feias para mim e me mostra a língua. Faz isso para me irritar. Sabe que titia me mata se alguma coisa acontecer com ela.

Mãezinha,

encontrei um pedaço de espelho na rua.

Agora, passo o tempo todo me olhando. A testa, os olhos, o nariz, a boca...

Sabe de uma coisa? Descobri que meus olhos são parecidos com os seus, que não podiam ser mais bonitos, e que minha boca e meu nariz são normais. Não gosto que digam que os negros têm nariz achatado e beição. Se Deus existe, com certeza está furioso por ouvir tanta gente criticando sua obra.

Como acha que eu ficaria com olhos azuis, narizinho fino e a boca feito uma linha? Horrorosa, não é verdade?

Por isso não deixo que passem pente quente em meu cabelo. Não quero ficar parecida com Sara. Prefiro fazer penteados. Como as africanas.

Antes, quando Lilita e Niña brincavam de jogar água uma na outra no banho, tomavam cuidado para que caísse só da cintura para baixo, porque, se o cabelo molhasse, ficava duro de novo.

Niña gosta de colocar as calçolas ou uma toalha na cabeça e andar de um lado para o outro cantarolando: "Meu cabelo é bom! Meu cabelo é liso!"

Tenho vontade de rir, mas também me dá raiva.

Algumas pessoas não sabem ser negras. Tenho pena delas.

Mãezinha do meu coração,

tive que tomar não sei quantos banhos de descarrego. Vovó e titia acham que fui eu quem trouxe a má sorte.

Encheram meu quarto de ervas. Elas têm um cheiro forte. Tenho que tomar banho com elas e jogar *cascarilla*[2] e perfume na água. Com o perfume, tudo bem, mas a *cascarilla* gruda e deixa a pele cinzenta.

Um dia pintei o rosto com *cascarilla* e arrepiei meus cabelos.

---

[2] Bolinha compacta feita com cascas de ovos esmigalhadas. Para os religiosos afro-cubanos, tem o poder de afastar a má-sorte e os espíritos perturbadores.

Parecia um fantasma. Fiquei atrás de uma porta esperando que vovó passasse.

Então gritei: "BUUUUU!"

Ela se mijou de susto.

Mas, quando o susto passou, por pouco ela não acaba comigo.

Mãezinha,

ninguém sabe o que Lilita tem.

Vovó está feito louca. Botou a casa de pernas para o ar com suas ervas. Depois, pegou um galho de pau-ferro, banhou-o com cachaça, defumou-o com o cigarro e "limpou-nos" com ele.

Eu fiquei para o final. Ela bateu em mim de verdade com o galho espinhento.

Ainda estou com as marcas.

Mãezinha querida,

Lilita está com alguma coisa na coluna.

Vovó dá banho nela, dá comida e conta histórias para ela dormir à noite.

Tudo na cama.

Já se cansou de dar remédio para ela. Também, nenhum deles faz efeito. Uma vez, trouxe uma senhora que usava um monte de colares. Pensei que era um arco-íris.

Escondida, vi a senhora tirar um monte de coisas de uma sacola e colocar no chão. Enquanto isso, vovó tirava a roupa de Lilita.

Foi então que quase me descobriram, porque um franguinho preto escapou de dentro de sacola e a senhora começou a correr atrás dele pelo quarto todo: me deu uma vontade danada de rir. Por sorte, ele tinha uma corda amarrada na pata, senão ainda estaria correndo pelos cantos da casa.

Acenderam charutos e fizeram umas rezas estranhas. Foi aí que a senhora caiu no chão tremendo e espumando pela boca. Ela foi se enroscando no chão que nem um carretel de linha.

Vovó começou a perguntar o que precisava fazer para que sua neta ficasse boa. E a senhora respondeu com voz rouca:

— Babalu[3] disse que a *moquenquen*[4] tá com mau-olhado!

Vovó olhou para titia e falou:

— Eu não disse?

---

[3] Orixá de origem arará associado por sincretismo a São Lázaro. Muito reverenciado em Cuba, é o deus a quem se pede pela saúde. No Brasil, corresponde a Obaluaiê.

[4] Menino ou menina, filhinho(a) do coração. (N. da T.)

A senhora foi se arrastando até a cama e passou o franguinho e duas espigas de milho torradinhas em Lilita, dizendo:

— Ela tem que fazer o santo. Depois *vô vê*.

Nesse exato momento, dei um espirro horrível e todo mundo descobriu onde eu estava.

Fui expulsa na base do beliscão.

Mãezinha linda,

titia nunca fala do pai de suas filhas. Vovó diz que é um sem-vergonha. O nome dele é Manuel e ele tem mau gênio. Saiu um dia e nunca mais voltou.

— Quanto mais longe, melhor — disse vovó.

Titia continuou limpando a casa, como se nada tivesse acontecido. Um pouco depois, vovó soltou uma maldição porque tinha perdido a hora e foi embora.

Ela trabalha para a família branca de que falei. Cozinha, lava, passa e tudo mais que aparece para fazer na casa deles. Se mata de tanto trabalhar, mas não reclama. Pelo contrário, fala maravilhas deles, embora lhe paguem um tiquinho de nada.

Mamãe da primavera,

Lilita já fez o "santo". Titia reuniu todo o dinheiro que vinha poupando e ainda teve que pedir emprestado. Vovó disse que as coisas não são mais como antes.

"Se conseguia tudo mais fácil, e barato! Um cabrito saía por dois pesos!"

Cada vez que se lembra disso, repete a mesma história. Fizeram o santo na casa da senhora que fez o descarrego em Lilita. Tinha uma montoeira de gente. Não pude ver nada, porque a cerimônia é secreta. Fiquei arrumando o altar e ajudando na cozinha, até titia me mandar à casa de Menú para comprar flores.

Menú mora numa casinha de madeira rodeada por um pátio enorme, cheio de plantas e flores. Acho que ela é meio maluca. Diz que vende as flores porque já tem demais e elas continuam a nascer por todo lado. E que de noite não deixam ninguém dormir com suas canções estranhas.

Que uma vez, um gerânio cresceu na cama dela e era tão grande que ela não podia mais se deitar.

Você acredita nisso? Acho que ela pensa que tenho cara de boba.

Mas tem mesmo muitas flores em seu pátio. Escolhi as mais bonitas.

Açucenas para Obatalá,[5] borboletas-amarelas e girassóis para Iemanjá[6] e Oxum[7] e damas-da-noite para Oiá.[8]

---

[5] Orixá e deus da paz e da sabedoria.

[6] Significa "senhora dos peixes". Deusa iorubá, mãe universal e senhora de todas as águas do mundo.

[7] Significa "aquela que flui". Deusa que representa o amor, a alegria e a feminilidade.

[8] Significa "aquela que rasga". Deusa dos cemitérios e dos espíritos.

Quando voltei com as flores, já tinham começado a matança dos animais. Dava para sentir o calor do sangue na casa inteira.

Uma das mulheres ficou com medo de torcer o pescoço da sua galinha e então pegou uma cordinha e enforcou a bicha.

A galinha ficou pendurada no meio do pátio, se contorcendo sem que ninguém prestasse atenção.

Não dá para abrir a porta da casa até o fim por causa da quantidade de coisas que botaram para Elegbá.[9]

Apitos, balas, bolinhas coloridas, charutos, aguardente numa xicarazinha, bonequinhos, moedas — um tudo! Elegbá é um menino que às vezes é mau, às vezes é muito bom, por isso é preciso lhe dar tantos presentes, para que fique sempre contente.

De vez em quando, sem que ninguém veja, pego uma balinha e como. Claro! Ele não vai comer mesmo e vão acabar estragando...

---

[9] Deus iorubá que abre e fecha os caminhos.

Lilita parece mais velha com seu vestido novo. É malva, que é a cor de Babalu. Segundo vovó, ele é muito misericordioso e cura os doentes que têm fé nele.

Pode ser que consiga fazer Lilita andar novamente.

Mãezinha,

vovó está brava comigo. Quer que eu lave a roupa da casa onde ela trabalha. Diz que assim aprendo a fazer alguma coisa de útil e ajudo com o dinheiro que ganhar. Já falou com eles e tudo.

Não quero. Não quero ser doméstica.

Mas ela insiste e não me deixa em paz.

Ainda bem que a titia falou com ela, assim ela parou de me amolar tanto.

Agora tenho que fazer a limpeza e cozinhar. É uma forma de ganhar a comida que elas me dão. É o que titia diz. Mas acho que é a mesma coisa que se trabalhasse para "os senhores".

Ontem me fiz de boba e fui embora sem limpar nadica de nada.

Mas Lilita fez um tremendo escarcéu. Disse que não conseguia respirar de tanta poeira, que fazia semanas que eu não varria e que eu não passava de uma aproveitadora e de uma porca como minha mãe.

Bati nela. Nem me importei que não pudesse levantar da poltrona.

Vovó e titia ouviram os gritos e chegaram correndo.

Mamãe,

a coluna me dói toda. Vovó me espancou como se fazia com os escravos.

Menú, a velhinha das flores, disse que ela é uma selvagem. Menú vem cuidar dos meus vergões com suas ervas. Elas têm um fedor horrível, mas aliviam.

Além disso, estou de castigo. Só saio do meu quartinho para cozinhar. Titia não quer me ver perto de Lilita, nem da Niña, nem de ninguém. Trancada em meu quarto, o dia parece uma eternidade.

Tento encontrar você nas tábuas do teto, mas é inútil. Você não aparece.

Em outras noites, você brilhava em meu quarto como se fosse a Lua.

Gostaria de estar bem longe daqui, junto com você, no céu.

Mãezinha,

vovó sonhou com você. No sonho, você dizia barbaridades e ameaçava levar vovó.

Ouvi tudo.

Não dê atenção às flores, nem à água com perfume e ao café, nem ao pratinho de doce que coloquei no cantinho dos mortos do pátio.

Leve ela, mãezinha! Arraste ela para o outro mundo!

Mamãe,

se você visse o que aconteceu! Fiquei com vontade de fazer xixi e, quando cheguei ao banheiro, minha calçola estava manchada de sangue.

Fiquei muito assustada.

Titia disse que todas as mulheres têm isso. Segundo ela me explicou, agora sou uma mocinha.

Vovó disse que, a partir desse momento, elas têm que manter os olhos bem abertos em cima de mim para eu não acabar grávida.

Que história é essa, mamãe? Não acredito que por causa de um pouco de algodão que ponho entre as pernas eu vá acabar grávida. Isso não é assim. Primeiro, tem que casar, comprar uma linda casa e ser feliz. Só depois é que a cegonha aparece e a barriga da gente começa a inchar. Qualquer um sabe disso.

No fim das contas, continuo como sempre fui. Não mudei nada.

Mãezinha linda,

minha cabeça vai estourar. Passei o dia pensando em barrigas e em bebês.

Lembro que uma vez você me disse que a chegada dos filhos deixa os pais muito felizes. Mas comigo a história foi diferente. Você e papai eram felizes até o dia em que nasci, botando tudo a perder. Não sei o que aconteceu. Você nunca me disse.

Ficamos morando sozinhas naquela casa enorme. Depois, você ficou sem dinheiro e nos mudamos para o cortiço Venecia.

E lá estávamos até você ir para o céu. Acho que fez isso porque não aguentava mais a chuva e as discussões. Mas muitas vezes as pessoas brigarem era melhor do que começar a chover.

Você passava os dias dizendo que a qualquer momento iria para um lugar onde ninguém pudesse encontrá-la. E foi o que fez.

Muita gente não entende isso. Mas eu entendo.

É melhor você estar no céu do que em Venecia.

Lá você nunca seria feliz.

Mamãe,

a velhinha das flores mandou me buscar hoje de manhã.

Parece que estava se sentindo mal. Quando cheguei, estava com um trapo amarrado na perna.

"Estou manca", disse ela, "preciso que me ajude."

E como ela é boa comigo, ajudei. Cozinhei algumas coisas e colhi uns matinhos que ela pediu para fazer suas infusões..

Quando saí da casa, alguém esbarrou em mim. Quase caí. Já ia dizer umas boas, mas a surpresa não me deixou abrir a boca.

Era o Roberto, o branquinho da nossa turma. E estava chorando.

Já estava indo embora quando, não sei por que, colhi algumas rosas meio estranhas e entreguei a ele.

Levou algum tempo para pegá-las. Depois, bem baixinho, ele me agradeceu.

Desde esse dia, ele aparece de vez em quando na casa de Menú.

Na maior parte do tempo, fica calado. Pela cara dele, parece que tem algum problema grave.

Mamãe,

as pessoas falam que aparecem fantasmas na casa de Manú. Deve ser porque, quando entramos no pátio, parece que estamos chegando a um bosque encantado.

Por todo lado há sombra, flores, pássaros.

À noite, dá para sentir o perfume do pátio no meu quarto.

Que coisa mais esquisita! É como se tivesse trazido todas as flores comigo.

Tem também uma paineira. Enorme.

Algumas pessoas têm medo da casa, porque dizem que tem um morto enterrado ali. No começo, pensei que fosse mentira. Mas depois Menú me contou tudo.

Ela perdeu seu filho quando ele ainda era pequeno. Não sei como, conseguiu enterrá-lo no pátio. Ao redor de seu túmulo há muitas flores. Ela diz que o corpo de seu menininho enriquece a terra. Porque ele não foi enterrado, mas semeado. Por isso, as frutas nascem o ano inteiro e, embora ela não se canse de capinar com uma enxada velha, as ervas crescem de um dia para outro.

O túmulo está coberto de moedinhas, bolinhas, patins e muitas coisas mais. Muita gente vem pedir favores, rezando e rogando por suas crianças doentes. Vem gente até do Oriente. Dizem que é milagroso.

Alguns viram seu fantasma na casa ou no pátio, brincando com as moedinhas.

No começo, Menú ficava brava e costumava jogar pedras em quem aparecia por lá. Agora não. Já se cansou.

Agora até faz café para as pessoas que vêm de longe. Eu ajudo no que posso. Ela está tão velhinha! Parece que tem cem anos.

Mãezinha,

já sei por que Roberto está triste. A mãe dele anda com vários homens por dinheiro. Às vezes, sai e só volta no dia seguinte.

Ele não quer que os colegas da escola fiquem sabendo e me fez jurar que não ia contar nada a ninguém.

Disse que, uma vez, ela demorou vários dias para voltar. E, quando chegou, estava com olheiras e muito magra. Passou o dia inteiro chorando e não saiu durante várias semanas.

Roberto disse que preferia não ter mãe a ter uma assim. Não sei, mas acho que ele não diz isso a sério.

Se eu tivesse você, mãezinha, nunca me envergonharia de você.

Mamãe,

no outro dia, vovó disse que se lembrou da mãe dela.

Achei estranho quando ela falou a palavra MAMÃE. Era como se ela não soubesse pronunciar direito. Nunca tinha pensado que vovó tivesse mãe, pai ou avó. Ou que, quando era criança, gostasse de fazer isso ou aquilo.

Quando a conheci, já era mal-humorada, com a mão pesada.

Parece que vovó nasceu velha e amarga, com pouco carinho.

Às vezes tenho vontade de tirar o lenço de sua cabeça e fazer carinho em seus cabelos brancos, suas mãos, seu coração. Mas tenho medo. Ela não quer que ninguém lhe dê carinho. Diz que não adianta nada, se não serve para comer. Sei que é mentira, porque toda vez que traz um doce para Niña, ela pergunta: "E então, gosta da vovó? Diga, você gosta de mim?" E ela, com vontade de comer o doce, diz que sim, que gosta muito. É muito triste, como se vovó pagasse por um pouco de carinho.

Mas não gosto dela. Ela vive me batendo e nunca me traz um doce.

Mãezinha querida,

tia Catalina arranjou um namorado. Finalmente!

O nome dele é Fernando. É bastante claro e tem o cabelo quase liso. Vovó diz que titia teve sorte. Todas estão encantadas com ele. Para mim, tanto faz como tanto fez. Quando fala comigo, é para dizer: "Garota, traga o cinzeiro!", ou: "Menina, vá pegar um café!"

Ele se sente o dono da casa, mas não me importa. Pelo menos não me chama de beiçuda.

Mamãe,

Fernando dorme com titia no quarto. E que eu saiba, não se casaram. De noite, dá para ouvir o sacolejo da cama. E titia começa a gemer como se ele a estivesse matando. Mas, no final, aparece rindo como uma menininha.

Fernando sempre chega à tardinha e a mesa já tem que estar posta. Titia e vovó carregam Lilita e a deixam sentada perto dele. Ela adora ouvir suas piadas e histórias de família.

"Aqui é melhor", diz ele, "as pessoas são menos atrasadas."

Titia fica toda melosa quando ele fala de casamento.

"Cheguei nessa cidade com o pé direito. Estava procurando uma mulher bonita para me casar e — quem sabe? — talvez já tenha encontrado, não?"

Vovó diz que a hora da felicidade afinal chegou para titia.

Mãezinha, meu sol,

agora o "senhor" Fernando inventou de tomar um café da manhã de príncipe. No começo era só café. Agora tem pão, tortilha, suco e doces. Às vezes, quando titia sai cedo, Fernando leva o café da manhã para Lilita e ficam conversando um tempão. Parece que viraram grandes amigos.

Quando chego tarde na escola, a professora briga comigo, mas não passa disso. Minha professora se chama Silvia e está sempre sorrindo.

Gostaria de ser como ela. É muito boa, explica as coisas várias vezes, até todo mundo entender. Segundo ela, sou inteligente, por isso vou ser alguém na vida.

Mãezinha preciosa,

Menú me ensinou a rezar. A dizer as palavras certas para que Deus me ouça. Deus é bom e misericordioso e tão cheio de consideração que nem tocou em Maria para deixá-la grávida, apenas jogou uma fina chuva de ouro sobre seu corpo.

E, então, nasceu Jesus para nos salvar do pecado.

Pecado é como uma coisa que Deus não gosta que as pessoas façam, mas mesmo assim continuam a fazer porque gostam. Entendeu?

No começo, diziam na sua aldeia que ele era maluco, que só dizia besteiras. Muitos o perseguiam para matá-lo, mas outros para ouvi-lo.

Nas fotos, Jesus parece muito bom rapaz. E muito branco. Com os olhos azuis e os cabelos louros. Provavelmente, nasceu na França ou em algum outro país onde as pessoas são assim.

Mamãe,

fui à biblioteca da escola, mas não encontrei nada ali que explique essas coisas. Então fui até a igreja do parque e peguei emprestado um livro que fala de Jesus e do país onde ele nasceu. Mamãe, por pouco ele não nasceu na África! Pode imaginar isso? Mãezinha, você acha que Deus entende quando lhe falam em africano? Eu acho que não. A velhinha das flores me explicou que o Deus dos negros se chama Olofi,[10] mas é o mesmo Deus dos brancos, só que cada um coloca nele a cor e o nome que

---

[10] Deus supremo para os religioso afro-cubanos.

tiver vontade. E disse que Deus fez os homens de todas as cores porque ele é como as crianças, que não gostam de coisas iguais, que as deixam entediadas.

Imagino que muitos brancos não conhecem essa história. Eles não gostariam de adorar um Deus preto retinto e beiçudo, por mais misericordioso que fosse. Não iam achar bonito.

Querida mamãe,

titia e Fernando foram dançar. Voltaram muito tarde. Ela estava bêbada. Fernando a colocou na cama e foi para a cozinha tomar um café. Depois ouvi ele abrindo a porta do quarto de Lilita.

Achei aquilo estranho. Então fui ver se tinha acontecido alguma coisa com ela.

Fiquei gelada.

Fernando estava sentado na cama e olhava para Lilita como um imbecil. Ela estava com a camisola toda aberta e, de tanta vergonha, não levantava a cabeça.

Não consegui pregar o olho a noite inteira. Se contar para titia, ela não vai acreditar. Preferia não saber de nada a ficar sozinha novamente.

Melhor fechar minha boca. E tomar cuidado. Muito cuidado, para que não aconteça comigo também.

Mamãe,

dormi demais e chegamos mais atrasadas que nunca na escola.

Vi quando repreenderam Niña. Ela olhou para mim como se quisesse me matar.

De tarde, ela não estava em lugar nenhum da escola. Procurei no pátio, nos esconderijos, nos banheiros e na cerca dos fundos.

Se chegar em casa sem ela, titia vai acabar comigo.

Parece que implorei tanto que afinal não me castigaram.

Titia estava me esperando na porta e sua cara já dizia um milhão de coisas. Muito séria, falou: "Você só se salva, porque não aconteceu nada com ela. Senão ninguém tirava o chicote de cima de você."

Respirei aliviada.

Quando estava entrando, ainda me deu um baita pescoção.

"Trate de entrar na linha! Mais uma e mando você morar com mamãe!"

Essa noite não saí do quarto. Não queria que titia se lembrasse dessa história de me mandar para a casa de vovó.

Pensei que iam brigar com a Niña por ter saído sozinha da escola, mas nada disso. Vovó foi passear com ela dizendo que aquilo era coisa de criança mesmo.

Eu me tranquei em meu quartinho e comecei a sonhar que era uma rainha e tinha muitos criados que me levavam pão com leite na cama.

Mamãe,

de vez em quando, Roberto aparece na casa de Menú à tarde. Quando ela não lhe pede para fazer uns pequenos favores na rua, ele carrega um balde de água ou fica no pátio abrindo buracos para plantar novas ervas.

Disse que prefere estar conosco a ficar em casa e ver a mãe sair com aqueles seus vestidos apertados.

Menú simpatiza com ele e sempre oferece limonada ou doce de leite.

Às vezes, deitamos na relva tentando descobrir animais ou coisas nas nuvens e assim passamos o tempo.

— Olhe, olhe... um homem com um cachorro! — diz ele.

E eu:

— Estou vendo... um barquinho numa onda!

— Eu, uma palmeira gigante.

— Eu, uma cesta de flores, um violão, um sapato furado, uma xícara cheia de penas, uma mulher dizendo adeus, um urso polar...

E então, mamãe, eu vi você entre as nuvens, correndo como sempre. Foi então que Roberto disse:

— Estou vendo... uma menina com uma pipa!

Enchi ele de beijos e abraços. Ele olhou para mim como se estivesse louca. Fiquei com vergonha, mas acho que ele gostou.

Mãezinha,

hoje é o seu aniversário. Está fazendo trinta e sete anos. Ninguém disse nada em casa, mas tenho certeza de que se lembram. Vovó trouxe um retrato seu que eu nunca tinha visto. Você parece uma menina e está com os lábios apertados como se estivesse muito zangada.

Embaixo do retrato, colocaram jasmins, suas flores preferidas.

Titia não me deixou trabalhar. Ela mesma fez o café da manhã e arrumou a casa.

Parece até que é o dia dos milagres.

Mamãe,

Sara está indo embora da escola. O pai dela conseguiu um trabalho em outra província. Ficamos sabendo hoje de manhã quando vieram falar com o diretor. Ela estava de cabeça baixa.

Acho que Sara nunca vai mudar.

Tem gente que, mesmo que queira, não muda nunca.

Mãezinha,

outra noite Fernando chegou bêbado e quase matou titia.

Empurrou a coitada até o pátio e encheu ela de tapas. Ainda bem que vovó não estava, senão ela ia ter um troço.

Nessa noite titia dormiu com Niña. No dia seguinte, Fernando sumiu de casa. Acho que titia não disse nada à vovó, mas com certeza ela suspeita de alguma coisa.

Fernando só apareceu uns quinze dias depois. De barba por fazer, todo sujo. Parecia vinte anos mais velho. Sem dizer nada a ninguém, enfiou-se no quarto e ficou lá dentro a tarde inteira.

Titia preparou um banho para ele e lhe deu comida na boca, como se faz com as crianças. Nessa noite, a cama não parou. Kitipam, kitipam, kitipam! Kitipam, kitipam, kitipam!

Mãezinha, sinto sua falta,

antes de chegarmos à escola, Niña parou e ficou me examinando como se eu fosse um bicho raro: "Na verdade, você é mesmo preta e beiçuda", disse ela.

E sabe o que ela fez? Cuspiu em mim!

Tive vontade de lhe dar uma surra, mas me lembrei da outra vez com Lilita e não fiz nada.

Deixei-a ali e fui embora sozinha. Não queria que me visse chorando.

Fiquei na casa de Menú o dia inteiro.

Quando o sol se pôs, vovó foi me buscar com um pau na mão.

A discussão entre Menú e vovó foi horrível. É muito triste quando duas mulheres tão velhas quase saem no tapa. E tudo por minha causa. Vovó me perseguiu com o pau por todo o pátio. Fui me esconder atrás do túmulo e ela destruiu a cruz de madeira com uma paulada. Menú começou a gritar e a puxar o cabelo dela. Eu caí na risada. Ela me viu e, soltando Menú, jogou o pau em cima de mim.

Ficou tudo escuro.

Quando acordei, estava no hospital. Levei cinco pontos.

Menú disse que era melhor eu passar uns dias com ela.

Sonho de noite que sopra um vento que carrega todas as minhas coisas para o céu.

As dores de cabeça me matam. Não consigo pensar em nada.

Mamãe,

caí nas graças da Silvia. E, por conta disso, ela pediu à titia para eu ficar uns dias em sua casa.

Para chegar lá, tivemos que atravessar a cidade. Silvia mora com o pai, que é bem velhinho e usa uma lupa para ler.

Assim que cheguei, ele me deu um livro de presente. Acho que nunca vou ler, ele é muito grosso. Rindo, Silvia disse que, por mais inteligente que fosse, não ia entender bulhufas.

É um livro da França. Você sabia que existe um país muito grande que se chama França? Pois é verdade, e Silvia diz que lá existe muita cultura, tudo muito avançado. Que os namorados se beijam na rua e ninguém diz nada, porque lá isso é normal.

Quero ir para a França, mamãe! Queria ver uma famosa torre que tem lá. Dizem que quem sobe até lá em cima vê a França toda de uma só vez.

Mãezinha que está nas nuvens,

Roberto não acredita que as pessoas vão para o céu. Diz que elas simplesmente morrem e pronto. Já tentei explicar várias vezes, mas ele não entende.

O céu de verdade, não se vê, se sente. É uma coisa tão bonita e serena que não dá nem para imaginar. E, quando a gente tenta, cada um vê uma coisa diferente. Para cada um existe um céu diferente.

Eu imagino que é um lugar onde não existem mentiras e onde todo mundo se dá muito bem.

Quero um céu em que as avós sejam boas e distribuam doces entre seus netos. Onde ninguém maltrate as crianças, nem as obrigue a fazer coisas que não gostam. Um céu onde ninguém me chame de beiçuda nem de feia e onde eu não me sinta sozinha.

Para mim, o céu está cheio das coisas que você mais quer. Não importa se são pessoas ou não, e se estão vivas ou mortas.

Quero um céu assim, onde Roberto, Menú e seu filhinho, Silvia, você e eu possamos brincar eternamente.

Mãezinha,

vovó anda falando pelos cantos há dias e olhando atravessado para Fernando. Ele se faz de bobo e quase não sai do quarto. Mas quando a noite chega, ele se arruma todo e vai para a rua. Titia não diz nada, se tranca no quarto e dela não se vê nem sombra até o dia seguinte.

Cada vez que vejo Fernando, lembro o que ele fez com Lilita. Queria contar para a titia, para a vovó... mas não tenho coragem.

Desde esse dia, sinto pena de minha prima, e como não encontrei nenhuma maneira de contar o que houve, de vez em quando arrasto minha caminha para seu quarto e fico fazendo companhia para ela.

No começo ela estranhou, mas não disse nada. Mas quando a titia me mandou embora, ela disse que não.

Fernando ficou sabendo disso numa noite em que entrou no quarto e me viu sentada na caminha.

Ele então se fez de inocente e perguntou como estava Lilita, que dormia naquele momento. Respondi que estava bem e comecei a ler meu livro. Ele logo foi embora.

Hoje à tarde, vovó chegou furiosa. Pegou titia pelo braço e arrastou para os fundos da casa. Dava para ouvir os gritos que vinham de lá. Vovó quer que titia deixe Fernando e titia grita que não. Discutiram um tempão.

Depois, vovó foi embora batendo a porta.

Mãezinha querida,

estava no recreio, brincando e pulando, quando um menino grande começou a implicar comigo porque uso rabo de cavalo. Não dei atenção, mas ele continuou a me perseguir pelo pátio todo.

Até que resolveu puxar meus cabelos.

Então, não sei de onde, Roberto pulou e caiu em cima do menino como uma fera.

Os outros fizeram uma tremenda algazarra.

O tal garoto era bem grande, mas Roberto nem ligou. Trocaram socos e pontapés. Meu amigo acabou todo vermelho e cheio de arranhões. Mas o outro também levou a sua parte. Foi a primeira vez que alguém brigou por mim.

Se ele pedir, aceito ser sua namorada.

É bom ter quem defenda você. É maravilhoso sentir que alguém gosta de você.

Minha mãezinha,

quando Roberto e eu passeamos, não gosto de dar a mão para ele, porque muita gente fica olhando como se estivesse vendo alguma coisa muito estranha. Mas Roberto ficou bravo e disse que não dava a mínima para o que as pessoas pensavam. "As pessoas sempre falam", diz ele. E é verdade.

Cada vez que menciona a família para a qual trabalha, vovó diz "os brancos isso ou aquilo", ou então "hoje a branca me disse...". É assim que ela sempre falou deles.

Certo dia, ela me perguntou: "Quem é esse branquinho que anda com você?" Não soube o que responder. Nem lembrava que Roberto é branco.

Foi então que descobri que, quando gostamos de alguém, a cor da pele não tem importância. E, além do mais, é mais bonito dizer Roberto que "o branquinho".

Mãezinha,

titia não dá ouvidos a ninguém, nem à vovó, nem às meninas. A ninguém.

Passa o tempo todo de um lado para outro, vomitando tudo o que tem na barriga.

Tudo lhe dá enjoo: ovo, alho, ervilhas. Não sei mais o que cozinhar sem que ela vomite tudo no final.

Disse a ela que devia ir ao médico, mas ela não me deu atenção.

Lilita tem que ser levada ao hospital duas vezes por semana. Colocam um foco de luz em sua coluna e fazem uns exercícios estranhos em suas pernas.

Nesse hospital tem muita gente com problemas para andar. Sou eu quem levo Lilita, porque estamos nos entendendo um pouco melhor.

De tarde, conversamos sobre o que acontece na escola e um dia ela quis ir conhecer Menú.

Quando ela quer, invento penteados diferentes para ela, com presilhas coloridas. Não tenho mais pena dela.

Ela virou uma moça muito bonita. E sabe muita coisa. Garante que vai encontrar um trabalho e vai ficar famosa. Alguma coisa assim como escritora ou locutora de rádio.

É uma menina muito forte. Não tem medo de nada.

Mamãe,

dizem que Fernando saiu do país. Titia não quis acreditar e percorreu o bairro duas ou três vezes atrás dele. Até foi à casa de outra mulher que ele tinha lá para os lados do porto. Mas ninguém sabe dizer onde ele anda metido.

Ela procura por ele nos bares, na casa dos comparsas, na casa do padrinho, e nada. Ele não aparece. Como se tivesse sido engolido pela terra. E como também não está nos hospitais nem na polícia, ela começa a acreditar que o que estão dizendo é verdade. De todo modo, fica o tempo todo na porta de casa esperando notícias dele.

Os vômitos não pararam e ela está engordando. Suas roupas já não entram mais. Agora está usando um vestido que parece um robe de ficar em casa.

Mãezinha,

há dias que vovó não aparece. Está doente. É o coração.

Titia repete que precisa ir visitá-la, mas só foi três vezes no máximo.

O médico aconselhou repouso e nada de emoções fortes. Ela precisa se cuidar.

Foi a maior dificuldade encontrar a casa de vovó. Não sei como ela pode viver numa casinha tão pequena. Você dá um passo e está no quarto, dá outro e já está na cozinha.

"Estou *matunga*",[11] disse quando me viu, e adormeceu em seguida.

Preparei um caldo para ela com muita carne e esperei que acordasse de novo.

Olhando para ela assim, tão quieta e tranquila, parecia outra pessoa. Não sei por que é tão má comigo. Nunca lhe fiz nada.

Às vezes fico pensando como seria se a gente se desse bem. Se gostássemos uma da outra de verdade.

Mamãe, que gosto devem ter os beijos da vovó?

---

[11] Doente, cheia de mazelas. (N. da T.)

Mãezinha do meu céu,

já sei quem é o papai.

Vovó me contou assim, de supetão. Como se alguém estivesse apertando o pescoço dela. Diz que quer ir embora deste mundo limpa, sem remorsos.

Ela me contou, mas ainda não acredito.

Como posso acreditar que papai é Manuel, o "sem-vergonha" de mau gênio? Como entender que Lilita e eu temos o mesmo pai? Segundo vovó, você roubou a felicidade de titia, que depois dessa história, nunca mais teve sorte com os homens. — Nem com o pai de Niña, que no começo era tão bom.

"São todos iguais, mesmo o melhor merece ser enforcado", diz ela.

Vovó ficou muito tempo sem saber de você e, quando eu nasci, descontou tudo em cima de mim. Segundo diz, cada vez que olha para mim, se lembra de tudo. Não sei o que você faria se tivesse acontecido com você. Deve ter sido muito duro para titia.

Mas ainda acho que, se ele se apaixonou por você, é porque não gostava mais dela. Por isso, levou você para longe, junto com ele.

O ruim é que depois abandonou você também. Foi embora. Sumiu.

E você quis ir para o céu, pois não podia suportar aquilo.

Foi embora e não pensou em mim e na falta que ia me fazer.

Queria ficar com raiva de você, mas não consigo. Amo você muito mesmo. Quase sempre sonho que você desce do céu vestida com roupas muito brancas e com jasmins e mimos-de-vênus enredados nos cabelos pretos. E dizendo para mim: "Quero voltar", mas acordo sabendo que você não pode, que não vai voltar, mesmo que eu peça mil vezes.

Mãezinha,

Roberto está me ajudando a encontrar papai.

Sei que é difícil. Nem titia, nem vovó têm a mínima ideia de onde ele possa estar.

Vovó diz que, como ele trabalhava num trem, hoje em dia pode estar morando em qualquer parte da ilha. "Só Deus sabe onde."

Tenho medo de ir falar com ele. E se ele não quiser falar comigo ou for um bêbado ou um homem mau?

Não sei, por mais que pense, não consigo entender por que ele foi embora assim, de repente, sem dizer nada.

Se papai aparecesse, não consigo imaginar o que aconteceria. Quando fecho os olhos, posso vê-lo: grande, forte, entrando pela porta da rua com as mãos cheias de embrulhos. Não sei por que o imagino assim.

A única coisa que sei é que se chama Manuel Ocanto, que tinha o apelido de Trem de Carga, de tão forte que era, e que está vivo em algum lugar de Cuba. Roberto diz que vamos encontrá-lo onde quer que esteja. "Quantas pessoas você acha que têm o apelido de Trem de Carga?", pergunta ele, rindo. Acho que é verdade e que vamos encontrá-lo, nem que seja na última estação de trem do mundo. E não é só por mim, mas também por Lilita, que morre de vontade de abraçá-lo.

Vamos começar a busca na Estação de Trem. Pode ser que alguém saiba onde ele mora agora.

Mamãe, luz da minha vida,

o tempo passou e não por gosto meu. Já tenho quinze anos. Dei uma esticada bem grande. Se você pudesse me ver, saberia quanto mudei. De tanto puxar meu cabelo para fazer os rabos, ele cresceu: está quase do tamanho do seu. Cada dia pareço mais com você, segundo vovó.

Quero estudar para ser professora, mas Lilita diz que é melhor eu ser cabeleireira, porque minhas mãos são mágicas.

A única coisa que sei é que adoro ensinar às crianças. Ver o modo como elas aprendem coisas que nunca mais esquecerão. Saber que, no futuro, lembrarão de mim, de sua professora. Assim como me lembro agora de Silvia, da minha querida Silvia.

As coisas mudaram aqui em casa também.

Titia finalmente encontrou "um homem que preste" e foi embora com ele. Só levou o Fernandito.

De vez em quando ela vem, passa dois ou três dias e vai embora de novo.

Niña está enorme. Está querendo entrar numa Escola de Esportes. Essa sim, não mudou muito. É teimosa como uma mula. Nisso, puxou à vovó.

Lilita é outra coisa. Fico emocionada em ver seu esforço para encontrar papai. Tem ótimas ideias. Já organizou num papel a lista de todas as cidadezinhas de Cuba que têm serviços de trem. E já escreveu mais de vinte cartas aos chefes de estação perguntando se sabem alguma coisa de papai.

Com o tempo, ela e eu aprendemos a nos tratar como irmãs. E perdoamos muitas coisas uma à outra.

Ela agora diz que com certeza vai ser escritora. Envia seus escritos para todos os concursos, mas ainda não ganhou nenhum. Mas garante que não vai desistir.

Uma vez, leu para mim alguns versos seus. Na verdade, eram bonitos, mas muito tristes também. Faz pouco tempo, escreveu uns contos sobre a nossa família. Disse que não vai enviá-los a lugar nenhum. Serão só nossos.

Faz dias que estou querendo dar um presente para Lilita. Alguma coisa que a deixe realmente contente. E já estou economizando para isso.

Vai ser uma máquina de escrever. Bem velha, mas pelo menos ela não vai mais ser obrigada a escrever a lápis.

Quanto à vovó, bem... Já aprendeu a viver com seu coração doente, e comigo também.

Faz muito pouca coisa em casa. Mas às vezes fica furiosa e temos que deixá-la fazer o que bem entende.

Está morando conosco desde aquele infarte. Foi um tremendo susto. Ela quase morreu.

Preciso me esforçar, mas aos poucos consigo entendê-la e começo a gostar dela um pouquinho. Muitas vezes, a velha vira um quebra-cabeça e não tem Cristo que consiga entendê-la. Tem dias em que está mais tranquila, tem dias em que parece um furacão dentro de casa.

A toda hora, vai até o cantinho dos mortos no pátio e acende uma vela. Ela não diz, mas sei que está pedindo que você a perdoe e também quer perdoar você.

Quando se sente bem, sai para dar uma voltinha no quarteirão e passa na casa de Menú. Diz que as velhas *ñongas*[12] se entendem entre si. Queria ir junto, mas ela não deixa. Não quer que sintam pena dela.

---

[12] Caducas, muito velhas, gagás.

Quando olho para ela, fico me perguntando se ela lembra tudo o que fez comigo, tudo o que sofri por culpa sua. Mas acho que sim, que se lembra e que nunca poderá esquecer.

Roberto e eu continuamos amigos. Quer dizer, namorados.

Quando não vamos ao cinema, gostamos de ficar em algum lugar perto do mar ou no "bosque encantado" de Menú.

Ele está estudando para ser uma espécie de "médico das árvores". Nunca imaginei que as árvores e as flores tivessem nomes tão estranhos. Ele estuda muito, mas sempre encontra um tempinho para nos ajudar a escrever cartas para as estações de trem e para sua velhinha linda, que é como ele chama Menú.

Sua mãe se casou há anos com um espanhol e ainda não voltou da Espanha. Mas ela escreve muito, diz que sente muita saudade e que aquilo lá não parece nada com isso aqui.

Mãezinha,

esta noite voltei a sonhar com você, que me dava adeus.

Acho que finalmente, como diria Menú, a luz chegou à sua alma e seu espírito está se elevando.

Você estava lá, com sua pipa, sorrindo para mim.

Então, de repente, você começou a crescer e se transformou em milhares de passarinhos que encheram o céu.

Mamãe, embora preferisse ter você aqui comigo e não aí, tão distante, quero que saiba que eu perdoo você.

Perdoo pelos dias em que você não esteve a meu lado e pelos que ainda faltam. Sei que vai cuidar de mim aí do céu.

Não se preocupe. Eu estou bem. E logo encontraremos papai.

Tudo ficará para trás.

E nós nos veremos algum dia, mãezinha.

Adeus.

Eu a amo muito...

SUA FILHA

Este livro foi impresso em abril de 2025,
na Gráfica Edelbra, em Erechim. O papel de miolo é
o pólen bold 90g/m² e o de capa é o cartão 250g/m².
A família tipográfica utilizada é a Utopia.